MW01033915

ula y hop

Ula y Hop hacen un amigo

Primera edición en España: febrero, 2019
Primera edición en México: junio, 2019

D. R. © 2019, Eric Lilliput / Tormenta, por el texto
www.tormentalibros.com

D. R. © 2019, Penguin Random House Grupo Editorial, S. A. U.
Travessera de Gràcia, 47-49. 08021 Barcelona

D. R. © 2019, derechos de edición mundiales en lengua castellana:
Penguin Random House Grupo Editorial, S. A. de C. V.
Blvd. Miguel de Cervantes Saavedra núm. 301, 1er piso,
colonia Granada, delegación Miguel Hidalgo, C. P. 11520,
Ciudad de México

www.megustaleer.mx

D. R. © 2019, Laia López, por las ilustraciones
Diseño: Penguin Random House Grupo Editorial

ISBN: 978-607-317-935-5

Impreso en México – *Printed in Mexico*

El papel utilizado para la impresión de este libro ha sido fabricado a partir de madera procedente
de bosques y plantaciones gestionadas con los más altos estándares ambientales, garantizando
una explotación de los recursos sostenible con el medio ambiente y beneficiosa para las personas.

Penguin
Random House
Grupo Editorial

ula y hop

hacen un amigo

ERIC LILLIPUT
Ilustraciones de **LAIA LÓPEZ**

ALFAGUARA

Hop

Ula

Capítulo 1

Ula y Hop

Ula se despertó con ganas de aventuras. Salió de su caja de cerillos de un salto.

Sí, leíste bien, ¡dormía en una caja de cerillos!

Ula no perdió ni un segundo. Enseguida despertó a su hermano **Hop**.

Los dos seres diminutos vivían en el hueco del techo de un viejo caserón.

Su casita era una caja de galletas.

Y todo lo habían construido con objetos **reciclados**: las camas eran cajas de cerillos, usaban un estuche como armario y el lavabo era un tapón puesto al revés.

¡A los seres diminutos les gustaba aprovecharlo todo!

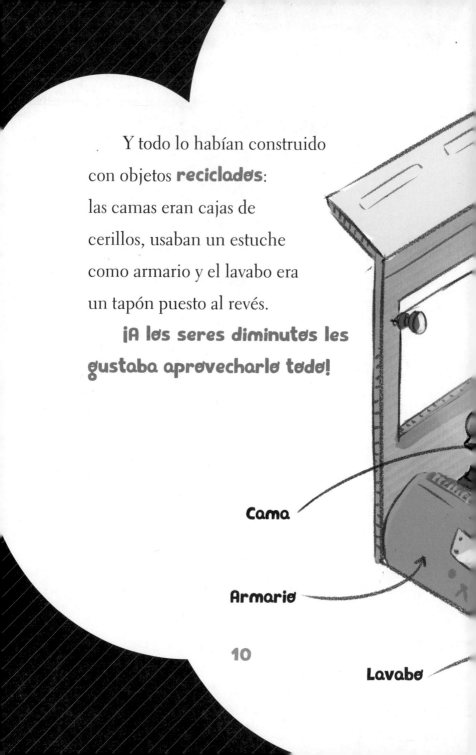

Cama

Armario

10

Lavabo

A simple vista podrían parecer dos niños como tú, pero no. ¡Ula y Hop cabían en la palma de la mano! **¡Eran seres diminutos!**

Escala 1:1

Ula dio una enérgica patada a la cama de su hermano.

—**¡Buenos días, Hop!** —le dijo de buen humor.

Su hermano, que era un poco más pequeño que ella, se dio la vuelta en su edredón-calcetín.

—Déjame dormir un poquito más...

—¿Dormir más? —Ula abrió mucho sus ojos rosas—. ¡Tenemos muchas cosas que hacer! ¡Hoy vamos a la **Llanura Lanuda**!

La Llanura Lanuda era su lugar preferido. Allí se divertían mucho saltando y haciendo piruetas.

Ula abrió la ventana y la luz entró en la habitación.

Además de la luz, también entró un murciélago morado, que hizo una **pirueta** en el aire.

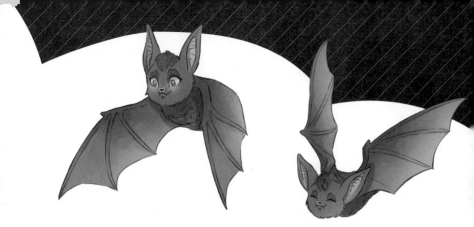

Se posó en la cama de Hop y lo lamió con cariño.

—¡Arg! ¿Tú también, Nocturno? Está bien, ya me levanto. ¡Detente! ¡Ja, ja, ja, ja!

Nocturno era uno de los mejores amigos de los seres diminutos. Sus lamidas le hacían **cosquillas** a Hop, que no podía contener la risa.

Ula y Hop desayunaron una fresa entre los dos y todavía les sobró un poco para compartir con el murciélago.

Después lo prepararon todo para su **expedición**: dos seguros, hilo, tachuelas, el anillo de una lata y un frasquito.

—¿Estás listo? —preguntó Ula.

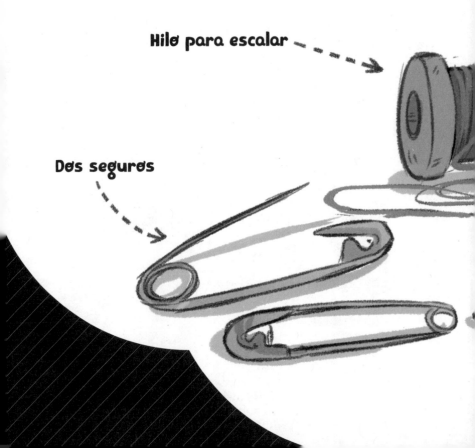

Hilo para escalar

Dos seguros

—¡Sí! La Llanura Lanuda nos espera —respondió Hop emocionado—. Aunque, con lo **lejos** que está, tardaremos un buen rato.

Un frasquito para guardar el botín

El anillo de una lata

Tachuelas

La distancia más pequeña es **enorme** para un ser diminuto. Un paseo de humanos se convertía en toda una travesía para ellos.

Pero Ula era una apasionada de los inventos y siempre tenía una solución para todo.

—**Usaremos la lanzadera** —dijo con una sonrisa traviesa.

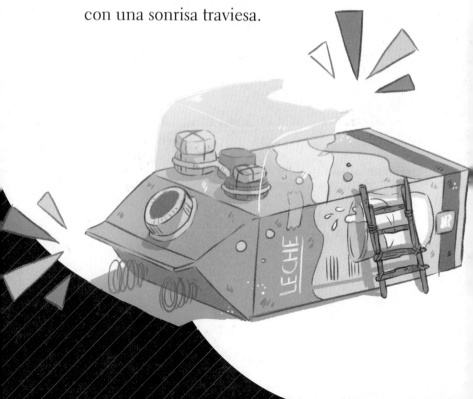

Hop, que era mucho más miedoso, intentó hacerla cambiar de idea.

—¿La lanzadera? ¡Pero si nunca la hemos probado!

—Siempre hay una primera vez —respondió Ula. Y aceleró el paso.

Lo que más le preocupaba a Hop era que la lanzadera se impulsaba… ¡con una resortera hecha con una cinta del pelo vieja!

—Así cruzaremos el **Páramo Polvoriento** en un abrir y cerrar de ojos —dijo Ula mientras tensaba la resortera.

—Eso si no nos hacemos papilla antes —murmuró Hop.

Ula arrastró a su hermano hasta la lanzadera. Después levantó la palanca y…

Hop tragó saliva.

¡FLAAAAAAAAAAAAAAS!

La lanzadera salió disparada como un cohete. ¡Iba muy muy rápido!

—¡Funciona! —celebró Ula.

—¡**Vertiligroso!** —gritó Hop.

Así es como llamaban los seres diminutos a algo que da **vértigo** y es **peligroso** a la vez.

Cruzaron el Páramo Polvoriento a la velocidad del rayo. Las pelusas que cubrían el desván se apartaban como si fueran estrellas fugaces.

La lanzadera pasó por encima de un agujero de seres diminutos. La criatura diminuta que asomaba la cabeza en ese momento tuvo que agacharse rápido.

—¡Lo siento, Tomillo! —dijo Ula.

—**¡Me despeinaron, salvajes!** —protestó Tomillo.

A **Tomillo** le encantaban dos cosas: cultivar setas de colores y estar guapa.

Cuando estaban cerca del final del Páramo Polvoriento, Ula activó los frenos.

Unas gomas de borrar se pegaron a las ruedas y empezaron a ir más despacio.

La lanzadera se detuvo y los seres diminutos se bajaron.

Ula, satisfecha de que hubiera funcionado.

Hop, feliz por tener de nuevo los pies en el suelo.

En aquel rincón del Páramo Polvoriento había un **agujerito** que

comunicaba con la habitación de abajo del desván. Ula y Hop se asomaron con precaución y vieron la sala gigante.

—¿Crees que la **Gente Grande** exista de verdad? —preguntó Hop un poco asustado.

Clip, el ser diminuto más sabio de la familia, les había hablado de la Gente Grande, **unos seres gigantescos**, pero ellos no los habían visto nunca.

—Si existen, hace tiempo que no vienen por aquí —respondió ella, muy tranquila—. ¡Clip es un poco exagerado!

La distancia que separaba el techo del suelo era enorme para las criaturas diminutas.

Ula estaba calculando si el hilo que llevaba sería lo suficientemente largo, cuando Hop tuvo una **idea** mejor.

—**Bajaremos volando**. Pero no en uno de tus inventos, Ula.

Antes de que ella pudiera preguntar, Hop emitió un silbido corto y luego uno largo. Después esperó.

Y enseguida apareció Nocturno, su amigo murciélago. Ula y Hop se subieron a él y se agarraron a sus alas.

Nocturno se coló por el agujero del techo y dio vueltas por la inmensa habitación abandonada.

Sobrevolaron la sala en círculos y después dieron una vuelta de campana.

Hop tenía una **conexión especial** con los animales. ¡Hacían todo lo que les pedía!

Acarició la cabeza del murciélago para que parara y éste se posó en una mesita. Después esperó a que los hermanos bajaran y se alejó volando.

—¡Gracias, Nocturno! —lo despidió Hop.

Luego echó un vistazo alrededor. Estaban rodeados de **objetos misteriosos**.

El mundo de la Gente Grande era muy extraño y estaba cubierto de polvo.

Últimamente, parecía que sólo lo visitaban Ula y Hop.

Un cristal mágico
que cambiaba
de forma.

Una esfera que hacía
tic-tac, tic-tac, sin parar.

Hasta un sol en miniatura
que se encendía
si tirabas de una cadena.

Ula sacó el hilo de la mochila y lo enganchó en la lámpara. Después usó unos seguros para hacer una tirolesa.

—Una, dos... ¡y tres!

Bajaron de la mesita al suelo en tiempo récord.

Ula y Hop habían llegado por fin a la Llanura Lanuda. ¡Allí podían saltar y saltar! El suelo era tan blandito que rebotaban, y los hilos de lana les hacían cosquillas.

Estaban haciendo **volteretas** cuando, de repente, oyeron un ruido que hizo que el suelo temblara.

Después, la puerta gigante se abrió.

Ula y Hop no lo sabían, pero los estaban esperando **muchas sorpresas**…

Laguna Goteante

Capítulo 2

La familia Grande

La Llanura Lanuda, en realidad,
era una alfombra gigante.

Los seres diminutos le habían puesto
un nombre a cada rincón: la cocina
era **Tierra Tragona**, al baño lo
llamaban la **Laguna Goteante**
y los sofás de la sala eran las
Montañas Mullidas.

La Llanura Lanuda era el recibidor de la casa, claro que, como estaba abandonada, nunca recibía a nadie.

Hasta entonces. De pronto, oyeron el **clic** de la cerradura. El sonido agarró por sorpresa a Ula y a Hop.

—¿Quién vendrá?

El suelo tembló.

—**¡Es un terremoto!** —exclamó Hop.

—Nada de eso —respondió Ula—. ¡Son unos gigantes que acaban de llegar!

Ula quería quedarse, pero Hop tiró de ella hasta un escondite que encontró bajo la mesita del recibidor.

—Los espiaremos sin que se den
cuenta. ¡Vamos!

Debajo de la mesita, había una
grieta que comunicaba con unos **túneles**
por los que los seres diminutos se movían
a sus anchas.

Ula y Hop recorrieron los pasillos
hasta llegar a su rincón favorito de la
casa: **un armarito secreto de la
pared**. Era el mejor escondite para
espiar lo que ocurría en el recibidor.

El armario estaba protegido por
una puertecita minúscula situada a ras
del suelo. Una puertecita con forma de
hoja.

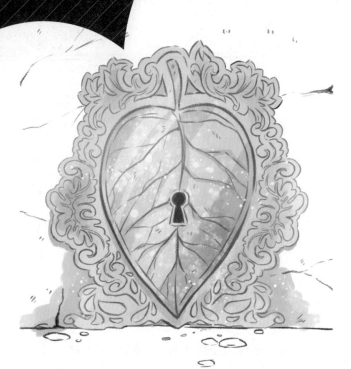

Pero lo importante no era esa puerta, sino lo que estaba detrás: la **Diminutera**, la **planta mágica** que mantenía unida a la familia de criaturas diminutas.

En esta planta se reunían los seres diminutos en las ocasiones importantes.

Bajo los remolinos de sus ramas y sus **flores multicolores** se tomaban grandes decisiones.

Ula y Hop siempre se sentían a salvo cerca de la planta mágica.

Ula se asomó al agujero de la cerradura de la puerta con forma de hoja para ver lo que estaba ocurriendo.

—¿Qué ves? —preguntó Hop, curioso.

Ula se puso muy seria, como cuando se atascaba uno de sus inventos.

—Veo **gigafeos** —así es como los seres diminutos llaman a algo que es **gigante** y **feo** a la vez.

—¡Déjame ver!

Hop se asomó al agujero de la cerradura y se quedó boquiabierto.

Al otro lado, unas criaturas **gigantes** amontonaban cajas, baúles y maletas.

Ula y Hop los miraron con atención. Esos gigantes tenían unos pies enormes.

Sus piernas y sus brazos eran larguísimos. Y su cabeza, inmensa.

—Se parecen a nosotros, pero mucho más grandes… —murmuró Ula.

Uno de aquellos seres espantó a **Nocturno**, que dormitaba colgado de la lámpara. El murciélago huyó rápido por la ventana.

—¡Ningún ser diminuto habría tratado así a Nocturno! —exclamó Hop—. Así que **debemos tener cuidado**.

Los Grandes eran tres. Había dos especialmente altos, que parecían muy serios y vestían de un modo formal. Uno tenía bigote y la otra llevaba collares de colores. Sus zapatos estaban limpios y nuevos.

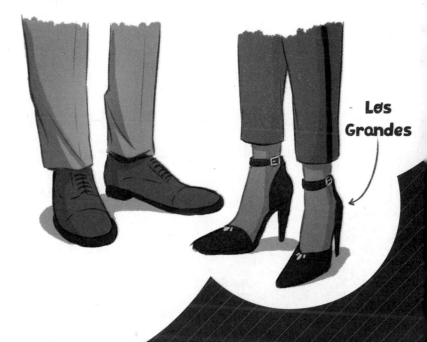

Los Grandes

Los señores Grandes eran muy ordenados. Metían las cajas en el caserón y las ordenaban por formas y tamaños.

También había una pequeña Grande, o una Grande pequeña, según como se mire. Era rosada, hacía trompetillas y estaba sentada en un cochecito.

—Me encanta ese coche —dijo Ula—. ¿Crees que podríamos tomarlo prestado?

Ula y Hop pensaban que ya habían visto a todos los Grandes, pero entonces apareció uno más.

Dani

Era más grande que la Grande pequeña, pero más pequeño que los Grandes mayores. De hecho, se parecía bastante a Ula y a Hop, salvo porque **medía un metro y medio**.

—Bienvenido a casa, **Dani** —dijo la señora Grande—. ¿Qué te parece nuestro nuevo hogar? ¿Te gusta?

Ula y Hop sintieron un escalofrío.

—¿Dijo  «nuevo hogar»?

—preguntó Hop en voz baja.

—No puede ser… Aquí sólo vivimos nosotros.

Pero la familia Grande seguía adelante con la mudanza.

Dani, el niño Grande, echó un vistazo alrededor. El **caserón** era muy antiguo y necesitaba una buena limpieza.

—Me gustaba más nuestra casa anterior —dijo.

El señor y la señora Grande lo abrazaron cariñosamente.

—Es normal que extrañes algunas cosas, pero ya verás cómo muy pronto haces **nuevos amigos** en esta nueva ciudad.

El señor y la señora Grande siguieron metiendo cajas mientras Dani curioseaba en el recibidor. De pronto se agachó y agarró una cosa del suelo.

Ula y Hop se pelearon por mirar a través del agujerito de la pared.

—¿Qué hace? —preguntó Ula.

—Tiene algo en la mano.

—**¡Déjame mirar!**

Ula le hizo cosquillas para que le hiciera lugar. El niño Grande había encontrado un seguro en la alfombra.

—¡Eso es mío! —protestó Ula—.
¡Se me cayó cuando huíamos!

Dani se guardó el seguro en un
bolsillo. Después se fijó en unas
minúsculas marcas de polvo en
la alfombra.

Ula y Hop contuvieron el aliento.

—¡Descubrió nuestras **huellas**!

Con las prisas, se les olvidó borrar
su rastro en la alfombra. Pero ¿cómo iban
a imaginar que la casa se iba a
llenar de Gente Grande?

Dani siguió las pisadas hasta el
mueble del recibidor.

—Ay, qué lío… —dijo Ula.

Dani apartó el viejo armarito bajo el que se perdían las huellas de los seres diminutos. Se levantó una gran nube de polvo.

—¡Ay, no! —dijo Hop, adivinando lo que iba a ocurrir.

La nube de polvo llegó hasta el agujero donde se encontraban y a Ula empezó a picarle la nariz.

—¡Cuidado! —le advirtió su hermano.

Ula se puso roja como un tomate. Estaba aguantando las ganas de estornudar.

—Aaaa… Aaa…

—Si haces ruido, nos descubrirá —insistió Hop, escondiéndose.

Pero Ula no pudo aguantar más.

—¡ATCHÚS!

Los seres diminutos tienen una peculiaridad: a pesar de que son minúsculos, sus estornudos resuenan como el barrito de un elefante.

El estornudo de Ula se oyó en los túneles, hizo temblar los cuadros de la pared y resonó en el recibidor de la casa.

Dani se acercó, atraído por el misterioso ruido. Entonces **descubrió la pequeña puerta,** del tamaño de su mano.

Parecía la elegante entrada de una casa de ratones. **Era la casa más extraña que había visto nunca.**

—¡Cuidado, ahí viene! —susurró Hop, y los dos se agacharon para que no los viera.

Dani intentó abrir la puertecita, pero estaba cerrada con llave.

Ula y Hop esperaban escondidos justo detrás. Si aquel niño Grande conseguía abrir la puerta, los descubriría. ¡Y también la **Diminutera**!

Por suerte, la señora Grande gritó desde el pasillo:

—Dani, ¿ya viste tu habitación?
¡Es enorme!

El niño salió corriendo y se olvidó
del **ruido misterioso**. Estaba impaciente
por descubrir su nuevo cuarto.

Ula y Hop recuperaron el aliento.

—Casi nos descubre —dijo Hop.

Ula lo tenía claro. Estaban ante
un asunto muy serio:

—¡Tenemos un buen **problema**!

Compartir la casa con los Grandes
sería un **rollo**. Y evitar que los
descubrieran sería un **problema**. Tenían
que reunir a toda la familia de diminutos.

Capítulo 3

¡Prohibido!

La llegada de los **Grandes**, que es como llamaban los seres diminutos a los humanos, era lo más extraordinario que les había ocurrido jamás.

Ula y Hop se llevaron las manos a la boca para hacer un sonido especial. Era una mezcla de soplido y silbido, tan agudo que los humanos no podrían oírlo.

Enseguida, un grupo de **polillas** se posó a su lado.

49

Eran polillas mensajeras, que se movían más rápido que ellos.

El mensaje era breve:

¡Reunión urgente en la Diminutera!

Ula y Hop enviaron tres polillas por los túneles de la pared. Un rato después llegaron los demás miembros de la familia.

El primero fue **Mota**, el explorador, que no tenía miedo a viajar y salir de la casa.

Mota

Detrás llegó **Clip**,
que, a pesar de ser el
más bajito, era el mayor
de la familia. Y el más
experto, o eso decía él.

Clip

Tomillo

Y la última fue **Tomillo**,
la criatura diminuta experta
en hongos. No le gustaba
salir de sus túneles, ¡pero
perderse una noticia le
gustaba menos!

51

La familia ya estaba completa.
Cada uno ocupó su sitio en la
Diminutera.

—¿A qué vienen tantas prisas?
—preguntó Tomillo. Se sentó muy tiesa
sobre una rama—. No me gusta salir
de mi agujero para bobadas.

—Yo estaba en una **misión de
exploración** —dijo Mota, sentado en
la hoja más alta.

—¿Agujeros? ¿Exploración? Yo sí
que estaba haciendo algo importante
—dijo Clip, muy digno—: ¡Dormir! Las
mentes brillantes necesitan mucho
descanso.

Clip debía de ser muy **brillante**,
porque se pasaba el día durmiendo.

Los tres hermanos se pusieron
a hablar a la vez, hasta que Ula se
plantó en el centro de la Diminutera
y gritó:

—¡¡¡Hay intrusos en casa!!!

—¿Que se mudaron unas ratas?
—preguntó Mota, que tenía las orejas
llenas de cerilla—. ¡Tendré que
presentarme!

Entonces Ula y Hop les contaron
lo que habían visto: la llegada de los
Grandes, las cajas de mudanza y sus
planes de quedarse a vivir.

Los hermanos diminutos escucharon boquiabiertos. La casa había estado cerrada durante muchos muchos años, y no habían recibido ninguna visita. Esos gigantes eran toda una **sorpresa**.

—Ojalá la señora Grande sea simpática... —se ilusionó Tomillo—. Me encantaría tener una amiga.

—¿Viajarán sobre palomas gigantes? —preguntó Mota—. Podríamos hacer excursiones juntos.

—**¡Ni lo piensen!** —exclamó Clip, muy serio—. ¡Yo conozco a los Grandes, y son muy peligrosos!

Se hizo el silencio. **Clip** era unos meses mayor que el resto y llevaba **la llave de la Diminutera** colgada del cuello. Era el guardián de la familia.

Si alguien sabía algo de los Grandes, era él.

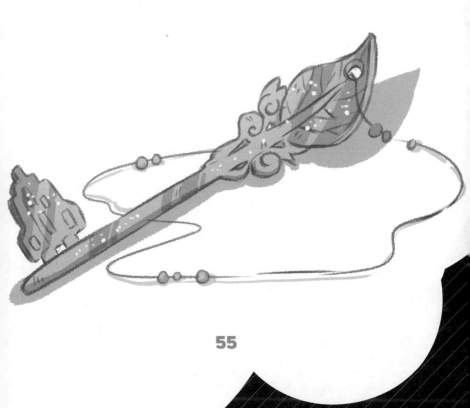

—Los Grandes, también conocidos como **humanos**, son unos seres muy extraños. Es normal que ustedes no lo sepan porque son pequeños, pero yo nací en invierno y soy el mayor experto.

Tiempo atrás, Clip espió a un humano que había ido a ver la casa para intentar venderla.

—En primer lugar, tienen que saber que **no son grandes porque sí**. En realidad, son ratones que comieron tanto queso… que crecieron sin parar. Por eso algunos tienen bigote. Comen queso por gusto, ¡no por obligación!

Todos los seres diminutos odiaban el queso. Pusieron una mueca de asco.

—¡Aaaarg!

Clip continuó:

—Como crecieron muy deprisa, los Grandes tienen una obsesión con las medidas.

¡Los muy pelmazos **miden todo** lo que encuentran!

—Pero no saben lo peor: están un poco chiflados. Se pasan el día hablando solos con un espejo pegado a la oreja.

Cuando Clip contó todo lo que sabía sobre los humanos, **Ula y Hop tenían un montón de dudas**.

—Yo no les vi ninguna cola de ratón —dijo Ula.

—Eso es porque se la enrollan bajo el pantalón. Así no tiran cosas al suelo —explicó Clip, que tenía respuesta para todo.

—Y tampoco los vimos comer queso —dijo Hop suspicaz.

—A lo mejor se lo acababan de comer. ¿Miraron en sus **bolsillos**?

Ula y Hop negaron con la cabeza.

—Los seres diminutos y los Grandes hemos vivido separados desde hace siglos, y así debe seguir siendo —sentenció Clip—. Los Grandes son **glotones, aburridos y torpes**. Muy torpes. ¡Voto por no acercarnos a ellos!

—Yo también —apoyó Tomillo—.
¡No quiero que nos pisen! Que me
van a despeinar.

Eran dos contra dos. Clip y Tomillo
no querían tratar con los Grandes, Ula
y Hop sí, y Mota… no sabía qué hacer.

—¿Y si no son tan malos?
—preguntó, dudando.

—¡Les gusta el **queso**! —dijo
Tomillo con disgusto.

¡Puaj! Eso fue suficiente para
convencer a Mota. Ula y Hop perdieron
la votación.

—Está decidido —dijo Clip—:
¡Prohibido acercarse a los humanos!

La reunión terminó y cada hermano diminuto se fue por su lado. El **mensaje** estaba claro… pero Ula y Hop no quedaron muy convencidos.

—Pues yo quiero saber qué hay en las cajas... —dijo Hop mientras se columpiaba en una rama de la Diminutera.

Ula opinaba igual. Es lo que tienen las prohibiciones: a veces dan ganas de saltárselas.

—Clip dijo que **no podemos acercarnos a los humanos...** —dijo Ula, rascándose la cabeza—, pero no dijo nada de husmear en sus cosas.

Los dos hermanos diminutos sonrieron al mismo tiempo.

Ula y Hop iban a descubrir **qué escondían las cajas**...

Capítulo 4

Lío de noche

Esa noche, Ula y Hop sacaron la cabeza por el agujero de la pared y comprobaron que la **Llanura Lanuda** estaba desierta.

—¡A ver qué esconden esas cajas misteriosas! —dijo Ula.

Estaba impaciente por ver las cosas de los humanos. ¡Le encantaban los **objetos extraños**!

Salieron de su escondite sin hacer ruido.

Era tarde y la casa estaba en silencio, pero no se confiaron. Los Grandes no podían andar muy lejos.

Había **un montón** de cajas: «Ollas abolladas», «Cables enredados», «Baberos de bebé»…

Ula y Hop no sabían por dónde empezar… hasta que vieron una caja que llamó su atención. En ella decía:

«JUGUETES DE DANI».

—Sólo hay una cosa mejor que un juguete —dijo Ula sonriente—: ¡Un juguete gigante!

No lo pensaron dos veces.

Corrieron hasta la caja, escalaron
el cartón con ayuda de unas tachuelas
y saltaron adentro. Cayeron encima de
un animal peludo.

—¡¡¡Aaaaaaaaah!!! —gritaron los
dos hermanos diminutos a la vez.

Pero el animal no los atacó. Se fijaron
mejor y descubrieron que sus ojos eran dos
botones, y estaba relleno de algodón. ¡Era la
primera vez que veían un osito de peluche!

—Qué juguete tan raro —dijo
Hop—. A mí me gustan más los animales
de verdad.

No era el único muñeco. Junto al
osito había figuritas de lo más variadas.

Ula y Hop comprobaron que no fueran seres diminutos dormidos.

De pronto oyeron unos **ruidos** en el pasillo. Se asomaron al borde de la caja. ¡El señor Grande iba hacia ellos!

—¿Qué hacemos? —preguntó Ula—.
No tenemos tiempo de llegar a los túneles.

Hop tuvo una idea brillante:

—¡Hagámosle creer que somos
muñecos!

Los dos se pusieron tiesos como
estatuas, sin mover ni un pelo. El señor
Grande agarró la caja y la levantó del
suelo. Echó un vistazo rápido al interior.

Pero, como Hop había pensado,
confundió a los dos hermanos con el resto
de figuritas. ¡Lo más difícil era aguantarse
la risa!

El señor Grande llevó la caja al cuarto
de Dani, que ya estaba acostado.

—Olvidaste esto en el recibidor
—le dijo su padre.

Cuando Dani iba a mirar en la caja,
el señor Grande movió la cabeza, riendo.

—Nada de juegos a la hora de dormir.
Buenas noches, Dani.

—**Buenas noches,** papá —se
despidió él con un bostezo.

El señor Grande le dio un beso en la
frente y apagó la luz al salir.

Dani no tardó en dormirse. No tenía
ni idea de que Ula y Hop se habían
colado en sus **juguetes**.

Cuando vieron que no corrían
peligro, salieron de su escondite a explorar.

Por suerte, Dani había dejado una luz de noche encendida. Ula y Hop podían ir a donde quisieran.

—¡Mira, un coche!
—exclamó Ula.

Se subió al juguete de un salto.

Después lo encendió y condujo por toda la habitación. ¡Era más divertido que la lanzadera!

Cuando se cansaron del cochecito,
sacaron otros juguetes de la caja.

Se columpiaron en una rueda que
subía y bajaba.

Construyeron una **escalera**
gigante con unas piezas muy raras.

Hasta jugaron a las **casitas con
ruedas**.

—Mira, Ula —Hop estaba en el
patín izquierdo.

—Hola, Hop —dijo Ula desde el
derecho.

A los dos les entró un ataque de
risa.

Los hermanos diminutos se divirtieron
hasta la medianoche. Cuando pensaban
que ya no quedaba nada por probar,
Hop descubrió el último juguete.

Lo miraron fascinados. Era muy
estrecho por un lado y muy grande por
el otro. Hop se metió dentro a
curiosear.

Parecía una cueva.

—¿Para qué servirá?

La voz de Hop sonó con eco.

Mientras tanto, Ula había encontrado un botón en el otro lado.

Lo pulsó con curiosidad, pero no se encendió ninguna luz.

—Qué raro. No hace nada.

¡¡¡QUÉ RARO!!!
¡¡¡NO HACE NADA!!!

Sus palabras sonaron muy fuerte en toda la habitación.

Hop salió disparado del cono.

Ula saltó hacia atrás.

Las polillas huyeron al techo.

Pero quien más se asustó fue Dani.
Se levantó de la cama como si le hubieran
tirado una cubeta de agua helada.

Ula y Hop **corrieron hacia el
agujero** en la estantería que daba a los
túneles. Con tan mala suerte que, al
pasar a su lado, empujaron un libro.

—**Ups** —dijo Hop—. ¡Menos mal
que sólo fue uno!

Pero ese libro tiró otro libro, y ése
tiró otro, y otro…

En un abrir y cerrar de páginas,
¡todos los cuentos estaban por los suelos!

77

—Vaya **metepatastre** —murmuró Ula. Aquello había sido una auténtica **metedura de pata**  que acababa en **desastre**.

—¿Qué está pasando? —preguntó Dani, medio dormido.

De pronto se abrió la puerta. Ula y Hop se metieron en su agujero justo antes de que el señor y la señora Grande entraran en la habitación.

—¡Por poquito...! —suspiró
Ula. ¡Estaban a salvo!

Pero los seres diminutos no se fueron
todavía. Querían ver qué iba a pasar.

Los señores Grandes no lo podían
creer. Todos los juguetes y **cuentos** de
Dani estaban tirados por el suelo. Él los
miraba con cara de asombro.

—Yo no fui… —dijo en voz baja.

Tenía razón, pero era incapaz de
explicar cómo se había formado tanto lío.

El señor y la señora Grande
fruncieron el ceño. No podían ni
imaginar que la culpa era de los
seres diminutos.

—Ya nos divertimos bastante por hoy —dijo Ula, agarrando a Hop de la ropa.

Y se fueron a dormir, arrepentidos de su **metepatastre**.

Capítulo 5

Bolita y Pelusa

Ula y Hop habían armado un buen alboroto en la habitación de Dani.

Pero ¿iban a rendirse por eso? Los seres diminutos tienen un cuerpo muy pequeño, pero una **curiosidad** muy grande.

El segundo plan fue idea de Hop. Al día siguiente descubrió que Dani tenía una pareja de hámsteres que se llamaban **Bolita y Pelusa**.

A los hámsteres les gustaba comer y correr en la rueda de su jaula.

Ula y Hop los miraban, escondidos sobre el refrigerador. Estaban en **Tierra Tragona**, es decir, en la cocina.

—Qué bichos tan enormes —dijo Ula, impresionada.

¡Era la primera vez que veían un hámster!

—¿Tienes miedo? —la retó Hop.

Ula se mordió el labio. Ella era experta en inventos, no en animales. Pero no quería parecer cobarde.

—**¡Claro que no tengo miedo! ¡Cómo crees!**

Ula y Hop se descolgaron por la puerta del refrigerador hasta el suelo de la cocina. Se acercaron a los **hámsteres** con cuidado.

Estaban echándose una siesta.

—No querrán que los molestemos —dijo Ula, prudente—. ¿Por qué no volvemos mañana? O mejor: el año que viene.

Los hámsteres eran el doble de grandes que los seres diminutos, pero Hop no tenía miedo.

—Ni hablar: Bolita y Pelusa también **querrán divertirse** —respondió con una sonrisa.

Hop abrió la puerta de la jaula y silbó con los dedos.

Al principio, Bolita y Pelusa no movieron ni un pelo.

—Vámonos antes de que se despierten —dijo Ula.

—Uy, silbé en **idioma ratón**, y son hámsteres. ¡Claro que no me entendieron! —Hop silbó más agudo. Bolita y Pelusa se levantaron al oírlo—. ¿Lo ves? **¡Sólo tenía que silbar en su idioma!**

Ula y Hop entraron en la jaula y se acercaron a ellos. Bolita y Pelusa se dejaron acariciar, y Ula perdió el miedo.

Bolita brincaba como una pelota.

Pelusa se hacía un ovillo y
rodaba a su alrededor. ¡Hacían una
pareja adorable!

Entonces, Hop tuvo una gran idea.

—¡Ya sé! Hagamos una carrera.

Ula sonrió. Bolita y Pelusa soltaron
un gritito de alegría. La idea les había
gustado mucho.

Ula y Hop montaron en los hámsteres. ¡Parecían jinetes con sus caballos!

Todos se colocaron en la **línea de salida**. La familia Grande estaba en el comedor y podían correr por la casa sin que los vieran.

—Tres, dos, uno… **¡Ya!**

Bolita y Pelusa echaron a galopar.
Los hermanos diminutos los animaban
montados sobre sus lomos.

—¡Arre, Pelusa! —gritó Ula.

—¡Dale fuerte, Bolita! —gritó Hop.

Los hámsteres dieron la vuelta
a la mesa de **Tierra Tragona**.

Era imposible decir cuál de los dos
corría más deprisa. ¡Les encantaba salir de
la jaula!

Hop tuvo otra idea. Tiró de las
orejas de Bolita y lo dirigió al pasillo de la
casa. Pelusa y Ula lo siguieron.

—¿A dónde vas? —preguntó ella,
agarrada al hámster.

—¡Al **Sendero Sinuoso**! —así llamaban al pasillo de la casa—. ¿A que no me alcanzas?

Hop se dio la vuelta sobre el hámster y le sacó la lengua a su hermana. ¡Ahora sí que la había picado! **Ula no se dejaba ganar así como así.**

—¡Más rápido, Pelusa! —le
dio unas palmaditas de ánimo a su
hámster—. ¡Vamos a adelantar a
esos fanfarrones!

Las dos parejas corretearon por
el pasillo de la casa.

¡Era una competencia muy
reñida! Hop iba a la cabeza, pero de
pronto Ula lo adelantó por la derecha.

Esta vez, ¡hasta Pelusa le sacó la
lengua! Hop y Bolita parpadearon
sorprendidos.

—No podemos quedarnos atrás
—dijo Hop a su hámster—. ¡Vamos
a ganarles!

Los dos hámsteres, con Ula y
Hop encima, **cruzaron la casa al
galope.**

Se estaban acercando al comedor
peligrosamente.

—¿Alguien quiere un poco más
de guisado? —oyeron decir al señor
Grande.

Bolita y Pelusa olieron la deliciosa
comida y doblaron la esquina del
pasillo. Fueron directo al comedor.

Ula y Hop intentaron
pararlos:

—¡Cuidado! **¡Van a
descubrirnos!**

Por suerte, pasaron por debajo de la
mesa sin que los vieran.

En ese momento, Dani dijo:

Ula y Hop pasaban justo por debajo de su silla. ¡Dani no podía imaginar lo cerca que estaban!

Los señores Grandes se rieron al oírlo. Hasta Martina, la bebé, soltó una risita en su sillita.

—Unos fantasmas que usan tus juguetes por la noche, ¡qué sospechoso! —se rio la señora Grande y le guiñó un ojo.

El olor de la comida era tan delicioso que los hámsteres no pudieron resistirlo. ¡Escalaron por una pata de la mesa para zampárselo todo!

Cuando Ula y Hop se dieron cuenta, ya era demasiado tarde.

—¡¡¡Frenen!!! —gritaron.

Los dos saltaron al suelo en el último segundo. Corrieron al hueco del reloj de pared a esconderse.

Mientras tanto, Bolita y Pelusa corrían por la mesa. Resbalaron en la salsa, tiraron el jugo y pisaron el guisado. Para terminar, derribaron el pimentero.

—¡**Atchús!** —los cuatro miembros de la familia Grande estornudaron a la vez.

A fin de cuentas, a los Grandes a veces también les pica la nariz.

Los hámsteres acabaron la carrera dándose un atracón con la ensalada. ¡Ñam, ñam! La lechuga desaparecía rápidamente.

Los Grandes no parecían contentos…

—Se armó un buen **banqueastre** —murmuró Hop, que es como los seres diminutos llaman a un **banquete** que acababa en **desastre**.

Capítulo 6

La llave

Los diminutos se reunieron una vez más en la **Diminutera**.

¿Piensas que Ula y Hop fueron los únicos que rompieron la regla de no acercarse a la familia Grande?

Pues no fue así. Ya dijimos que los seres diminutos son pequeños, pero su curiosidad es muy grande.

Mota quiso ver qué eran esas **pinturas de colores** que tenía la señora Grande en el baño. Pero se cayó sobre los coloretes, lo manchó todo y llenó la casa de huellas. La señora Grande creyó que había sido Dani y lo regañó.

Tomillo también hizo de las suyas.
Vio la **colección de telas** para el cuello
del señor Grande y se enamoró de los
colores.

Así que, ni corta ni perezosa, las cortó y con ellas se hizo un vestido.

El señor Grande creyó que había sido Dani, y le cayó **otro regaño**.

98

Hasta Clip se había saltado la prohibición.

Después de estudiarlo mucho se convenció de que la bebé Grande era una **maga muy poderosa**.

Con sólo sonreír y mover un poco la sonaja, Martina conseguía lo que quería: que Dani le hiciera cariñitos,  que su mamá le diera el biberón o que su papá le cambiara el pañal.

—Está clarísimo. Esa sonaja es una **varita mágica maravillosa** —dedujo él solito.

Clip fue a la cuna de Martina para estudiar la sonaja, pero Martina lo confundió con un muñeco. Lo agarró, lo chupó y lo cubrió de babas.

—La bebé es el miembro más peligroso de la familia —dijo en la reunión—. ¡Menos mal que al final me escapé! Estoy hecho todo un **campilidoso**.

Así llaman los seres diminutos a alguien que es al mismo tiempo un **campeón** y **habilidoso**.

Ula y Hop lo miraban extrañados.
Les pareció que Clip estaba distinto.

—Clip, te falta algo —dijo Ula.

—¿Dónde tienes **la llave**?
—preguntó Hop.

Clip siempre iba
a todas partes con la
llave que abría
la puerta de la
Diminutera.

—¿La
llave? —Clip
se señaló el
pecho—. Está donde
tiene que estar…

Pero, cuando miró, vio que la
llave no estaba. **¡La había perdido!**

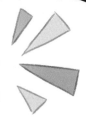

Antes de que pudieran decir nada
más, un crujido los sobresaltó.

Alguien había metido una llave,
¡la llave de Clip!, en la cerradura de la
puertecita secreta.

Los diminutos no sabían que Clip
había perdido la llave en la cuna de
Martina.

—¡Nos descubrieron! —gritó
Tomillo—. ¡Y yo con estos pelos!

Mota se escondió entre las hojas de
la Diminutera.

Tomilla se quedó quieta como una
estatua muy elegante.

Clip se hizo el dormido y lo hizo tan
bien que se durmió de verdad.

Ula y **Hop** estaban tan asustados
que no se atrevieron a mover ni un pelo.

De pronto, la puertecita se abrió y
vieron un ojo que los miraba.

Los hermanos diminutos contuvieron
el aliento. **¡El niño Grande los había
descubierto!**

—¡**Metepatastre** total! —dijo Ula.

—Tienes razón… —se lamentó Hop.

Antes de que Dani pudiera hablar, oyeron al señor Grande justo detrás:

—¡Muy bien, cariño! Encontraste la llave de **ese armarito tan raro**.

Dani no respondió. Miró unos segundos más a los seres diminutos. ¡Así que ellos tenían la culpa de todo lo que ocurría en la casa!

El señor Grande se acercó.

—Debe de estar lleno de polvo. Voy a limpiarlo ahora mismo.

Pero Dani, para sorpresa de todos, cerró la puerta de golpe. No quería que su padre descubriera a los seres diminutos, ni la Diminutera, ni los túneles secretos.

Los señores Grandes eran muy formales. **No lo entenderían**, y sólo se preocuparían por limpiarlo todo.

Si los seres diminutos se iban, la nueva casa de Dani ya no sería especial.

—¡Yo me encargo, papá! —respondió muy rápido—. Limpiaré la mugre.

—¿Mugre? —gritó Tomillo, ofendida—. ¡Si voy impecable!

—Lo dice por mí, ¡ja, ja! —rio Mota, que siempre iba mugroso por sus viajes.

Por suerte, el señor Grande sólo oyó a Dani.

—Me gusta que seas responsable, campeón. ¡Te has ganado tu cena favorita: un buen surtido de quesos!

El señor Grande se fue de la
habitación y Dani abrió la puertecita
de nuevo.

Ula, Hop y los demás miraron al
niño, agradecidos.

Dani dejó la llave bajo la **Diminutera**
y les sonrió.

Capítulo 7

Un nuevo amigo

La vida de los hermanos diminutos volvió a la normalidad. Bueno, más o menos. Tan normal como puede ser la vida de unos seres diminutos.

Después de esta **aventura**, aprendieron a convivir con la familia Grande. Al principio les costaba no hacer ruido, pero después ya no se imaginaban la casa sin la nueva familia. **¡Eran sorprendentes!**

Aunque aún no entendían que les gustara el queso. ¡Puaj!

Además, vivir con ellos tenía sus ventajas. Dani siempre les dejaba **dulces** a la vista.

Sólo tenían que hacer una expedición a **Tierra Tragona** y llevárselos a los túneles.

A cambio, sus amigos diminutos les hacían **pequeños regalos**. Un día, el señor Grande se encontró hojas de menta en los zapatos, un remedio para el olor de pies (según Mota).

¡A Tomillo el **tarro de miel** la volvía loca!

Así que, a cambio, Tomillo
dejaba sabrosas setas debajo de la
almohada de la señora Grande, como
pago.

Los señores Grandes se llevaron
unos buenos sustos con los regalos,
pero eran tan **felices en su nuevo
hogar** que se olvidaban enseguida.

Ula y Hop también estaban
encantados de ser amigos de Dani.

Además de protegerlos,
Dani les dejaba jugar con sus
juguetes siempre que quisieran.
Ula no se pudo resistir y los
mejoró con sus **inventos**.

Por su parte, Hop enseñó a Bolita y a
Pelusa a hacer **trucos**. A Dani le divertían
mucho (menos cuando lo despistaban
para quitarle el queso).

Las cosas no podían ir mejor para los hermanos diminutos. Ula y Hop habían hecho un nuevo amigo.

¡Haz una casa de seres diminutos!

Ula y Hop **reciclan** todo lo que cae en sus manos y así le dan una nueva utilidad.

Construye tú una casa de seres diminutos con cosas que nadie vaya a utilizar más. Aquí tienes algunas ideas:

- Una caja de zapatos
- Un cartón de leche
- Tapones de plástico
- Calcetines rotos

¿Se te ocurre qué podría ser cada cosa?

Pide ayuda a un adulto si tienes que recortar algo ¡y píntala como más te guste!

¡Seguro que a los amigos diminutos les encantará!

Test: ¿Qué ser diminuto eres?

¿Eres más **Ula** o más **Hop**?

Responde estas preguntas y descubre a quién te pareces más.

1. ¿Qué prefieres?

a) Los aparatos electrónicos.

b) Los animales.

2. ¿Qué te asusta más?

a) Los bichos.

b) ¡Madrugar!

3. Cuando tienes una dificultad...

a) Actúo sin pensar.

b) Lo medito mucho.

4. ¿Qué juguete elegirías primero?

a) Un coche.

b) Un piano.

5. Si aparece un gigante en la sala...

a) ¡Voy a saludarlo sin pensarlo!

b) Lo espío desde mi escondite.

Resultados:

Si tienes más...

a: ¡Eres igual que **Ula**! No paras y te encanta la aventura.

b: Te pareces a **Hop**: la tranquilidad y la observación son tu fuerte.